14 novembre 1892

VENTE

DES

OBJETS D'ART

Faïences — Bronzes — Meubles

TAPISSERIES des XVIIe et XVIIIe SIÈCLES

GARNISSANT L'ATELIER DE FEU

M. BRISSOT de WARVILLE

ARTISTE PEINTRE

EXPOSITION PUBLIQUE

Hôtel Drouot, salle n° 3, le Dimanche 13 Novembre 1892

<table>
<tr><td align="center">COMMISSAIRE-PRISEUR

Me Léon TUAL
56, rue de la Victoire, 56</td><td align="center">EXPERT

M. B. LASQUIN
12, rue Laffitte, 12</td></tr>
</table>

PARIS — 1892

IMPRIMERIE MAULDE ET RENOU

A. MAULDE & Cie

IMPRIMEURS DE LA COMPAGNIE DES COMMISSAIRES-PRISEURS

Rue de Rivoli, 144

CATALOGUE

DES

OBJETS D'ART

ET DE CURIOSITÉ

Faïences anciennes, Grès, Verrerie, Objets de vitrine
Orfèvrerie, Bijoux, Bronzes
de Mène, de Rosa Bonheur, de Barbedienne, Cuivres du XVIe siècle
Étains, Armes orientales, Instruments de musique
Objets variés
Meubles anciens en bois sculpté et en bois de rose

TAPISSERIES DES XVIIe ET XVIIIe SIÈCLES

Ustensiles d'Atelier

GARNISSANT L'ATELIER

De Feu M. BRISSOT de WARVILLE

ARTISTE PEINTRE

ET DONT LA VENTE AURA LIEU

HOTEL DROUOT, SALLE N° 3

(ANCIENNE SALLE N° 5)

Les Lundi 14 et Mardi 15 Novembre 1892

A DEUX HEURES

Par le ministère de **Me Léon TUAL**, Commissaire-Priseur
rue de la Victoire, 56

Assisté de **M. B. LASQUIN**, Expert, rue Laffitte, 12

CHEZ LESQUELS SE TROUVE LE PRÉSENT CATALOGUE

EXPOSITION PUBLIQUE

Le Dimanche 13 Novembre 1892, de 1 heure 1/2 à 5 heures 1/2

PARIS — 1892

CONDITIONS DE LA VENTE

—

Elle sera faite au comptant.

Les Acquéreurs paieront CINQ POUR CENT en sus des enchères.

A. MAULDE et Cⁱᵉ, imprimeurs de la Compagnie des Commissaires-Priseurs,
rue de Rivoli, 144.   500—27925

Désignation

FAIENCES ET PORCELAINES ANCIENNES
GRÈS

1 — Fontaine formée d'un grand et beau vase balustre
en ancienne faïence de Rouen. Le décor, en bleu
rouille et jaune, offre quatre médaillons de paysages
séparés par des groupes de fruits retenus par des
rubans; au-dessous, entre le culot, formé de godrons
et la panse du vase, une autre zone d'ornements
contient quatre petits médaillons quadrilobés offrant
des paysages en camaïeu bleu.

2 — Grand Plat rond en ancienne faïence de Rouen,
décor bleu de style japonais; des arbustes ornent le
centre, le marli offre quatre réserves fleuries sur
fond d'arabesques.

3 — Grand Plat rond de même fabrique et de décor analogue ; au fond, divers ustensiles chinois entourés par une zone circulaire.

4 — Grand Plat rond analogue au précédent, de décor plus riche.

5 — Grand Plat rond en vieux Rouen, offrant au bord et près de la chute deux zones d'entrelacs et de lambrequins en bleu.

6 — Grand Plat rond décoré en bleu d'un sujet au fond et de quatre réserves sur la bordure, représentant des figures japonaises.

7 — Grand Plat rond décoré en bleu d'un jeté de fleurettes sur le fond avec disque au centre, bordure d'enroulements feuillagés.

8 — Petit Plat creux ou Saladier en vieux Rouen, décor polychrome à la corne.

9 — Plat ovale de même décor.

10 — Deux petits Plats et deux Compotiers oblongs à angles coupés, décorés en bleu et rouge.

11 — Plat oblong à contours, à riche décor polychrome en bleu, rouge, vert et jaune ; au centre, les attributs de l'Amour : carquois, flèches, flambeau, fleurs ; au bord, un motif à lambrequins.

12 — Trois Potiches côtelées et couvertes, en ancienne faïence de Delft, décor bleu à figures chinoises et arabesques.

13 — Potiche et deux Cornets en ancienne faïence de
Delft, à décor de jeux d'enfants en bleu. (Ces pièces
ont été surdécorées en couleur à froid.)

14 — Deux petits Sucriers à saupoudrer en ancienne
faïence de Delft, à décor bleu, rouge et vert, de style
japonais.

15 — Bouteille en faïence de Delft, décor bleu.

16 — Cornet en ancienne faïence italienne décoré de
feuilles en bleu et jaune.

17 — Plat en faïence italienne décoré d'oiseaux et de
lapins.

18 — Petit Plat en faïence hispano-mauresque, à reflets
métalliques, du xvi⁰ siècle.

19-20 — Trois Bénitiers en faïence italienne.

21 — Plat à barbe en faïence italienne, décor en vert et
jaune; au fond, un chien poursuivant un lièvre.

22 — Deux Plats oblongs en vieux Rouen, décor bleu.

23-24 — Soupières en vieux Rouen, décor polychrome
et bleu.

25-26 — Ecuelles et Assiettes en faïence de Moustiers.

27 — Soupière en faïence de Strasbourg.

28 — Petit Hanap forme casque, en vieux Rouen, décor
bleu à lambrequins.

29 — Jardinière d'applique, décor bleu à lambrequins.

30 — Huilier en faïence de Strasbourg, décor en rouge, vert et jaune, avec burettes en verre de Bohême.

31 — Vase à fleurs en ancienne faïence de Rouen, décor polychrome.

32 — Petit Plat rond en vieux Rouen, décor bleu ; au centre, une rosace entourée de huit fleurons avec lambrequins au marli.

33 — Deux Cornets en faïence de Castel-Durante, décorés chacun d'un médaillon à figure entouré de de fleurs et de feuillages en bleu, jaune et vert.

34 — Deux Compotiers en ancienne faïence de Rouen, à décor de fleurettes.

35-38 — Plats ovales en ancienne faïence de Moustiers, à décor de festons et grotesques.

39 — Plat ovale en faïence de Moustiers, à décor bleu avec armoiries.

40-45 — Petits Plats et Assiettes en ancienne faïence de Delft, à décor polychrome.

46 — Gourde lenticulaire en ancienne faïence du Midi.

47 — Petit Vase en forme de courge, de même faïence.

48 — Canette cylindrique en faïence allemande, à décor polychrome.

49 — Soupière forme rocaille en faïence du Midi, à ornements en relief.

5o — Assiettes de fruits au naturel en faïence de
Bruxelles.

51 — Diverses pièces en faïence ancienne : Coupes,
Huiliers, Jardinières, Vases, Assiettes, etc.

52 — Compotier en faïence de Moustiers, décor de
grotesques.

53 — Grand Plat en faïence de Strasbourg, à fleurs.

54-56 — Assiettes en faïence de Delft, de divers décors.

57 — Plat rond à lobes creux, en faïence italienne, à
décor bleu rayonnant.

58 — Deux Potiches à pans en ancienne porcelaine du
Japon à décor bleu.

59 — Cruche à une anse, en grès de Flandre, décor
gravé, rehaussé d'émail bleu sur fond gris.

6o — Flacon carré en ancien grès de Flandre, émaillé
bleu et violet, offrant quatre médaillons figurant
Adam et Ève.

VERRERIE DE VENISE & DE BOHÊME

61-62 — Diverses pièces, Coupes, Vases, Confituriers, etc.

ARGENTERIE, OBJETS DE VITRINE

63 — Petit Vidrecome de l'époque Louis XIII, en vermeil repoussé, représentant les Saisons sous des figures d'enfants.

64 — Vidrecome du xviie siècle, en vermeil repoussé, à bossages, monté sur un pied élevé composé d'ornements ajourés.

65-66 — Éventails Louis XVI, à feuilles en soie peintes à la gouache et ornées de paillettes.

67 — Cuillers et Fourchettes Louis XIII, en argent.

68 — Couvert Louis XIII, en fer damasquiné.

69-72 — Bijoux ornés de strass, Croix, Boucles d'oreilles, Boucles de ceintures.

73 — Petit Boitier de montre Louis XVI, en cuivre émaillé. Châtelaines.

74-75 — Boîtes en émail de Saxe, Boîtes à fiches Louis XV.

OBJETS DIVERS

76 — Petit Plat en émail vénitien du xvi⁰ siècle, avec bordure à godrons et écusson au centre.

77 — Plateau à bord festonné, en émail de Chine, à décor bleu.

78 — Petit Cabinet en laque Louis XV, décoré de figures chinoises dans des encadrements, l'intérieur est garni de tiroirs.

79 — Petit Coffret vénitien, incrusté d'ivoire, le dessus forme jeu de tric-trac.

80 — Mandoline ancienne, incrustée de nacre.

81 — Guitare ancienne et modèle de Guitare.

82-85 — Armes orientales.

86 — Rouet ancien.

BRONZES, CUIVRES, ÉTAINS

87 — Groupe en bronze de Barbedienne, d'après Coysevox : Flore et l'Amour.

88 — Deux petits Trépieds de Flambeaux à figurines d'enfants, en bronze italien.

89 — Petit Ane d'Afrique, bronze de Cain.

90 — Renard en bronze de Mène.

91 — Groupe en Bronze, d'après Follot : Chasse au Lion.

92 — Groupe en bronze de Mène : Brebis et Agneau.

93 — Mouton en bronze, de Rosa Bonheur.

94 — Brebis en bronze, de Boucher.

95 — Caballero espagnol, de J. Bonheur.

96 — Figurines diverses en bronze.

97 — Petit Mortier du xvie siècle, en bronze.

98 — Deux Coupes de style grec, en bronze moderne.

99 — Petite Pendule porte-montre Louis XVI, en bronze doré.

100 — Flambeaux Louis XIV, en cuivre.

101 — Deux Appliques Louis XV, à deux lumières, en bronze doré.

102-108 — Dix Plats, de travail italien, des xvie et xviie siècles, en cuivre repoussé, à rosaces godronnées et inscriptions gravées.

109 — Aiguière et son bassin, en cuivre gravé, de travail oriental.

110 — Bouilloire ancienne en forme de vase, en cuivre rouge, munie de trois robinets.

111 — Bassinoire ancienne, en cuivre repoussé.

112 — Cafetière Louis XIV, en cuivre argenté.

113 — Écuelle Louis XIV, en étain.

114 — Mouchettes anciennes, en cuivre.

115-117 — Grand Plat gravé, Cafetières, Assiettes, Brocs en étain des XVIIe et XVIIIe siècles.

MEUBLES

118 — Bahut flamand en chêne sculpté, portant sur un cartouche la date de 1661; le bas ouvre à deux portes moulurées placées entre trois montants ornés de cariatides se terminant par des groupes de fruits; au-dessus des portes, un tiroir et un abattant ornés de frises de rinceaux.

119 — Petite Crédence en noyer sculpté, ouvrant à une porte formée d'un joli motif Renaissance offrant un mascaron au milieu d'un cartouche; elle repose sur un support à colonnes torses et pilastres sculptés.

120 — Joli Meuble Louis XIII, à deux corps, en bois
de noyer sculpté, orné de motifs gravés en relief.
Le corps supérieur avec colonnettes détachées aux
angles.

121 — Crédence de style Renaissance, à angles coupés,
en bois de noyer gravé ; le haut ouvre à une porte
et un tiroir et repose sur deux balustres cannelés et
un fond plein sculpté à mascaron.

122 — Table Louis XIII, à deux pieds formés de dou-
bles balustres reliés par une traverse supportant une
arcature en bois sculpté et ornée sur les côtés de
deux motifs en marqueterie de bois.

123 — Petit Meuble flamand en bois sculpté, ouvrant
à une porte placée entre deux demi-colonnes sur-
montées d'une frise. Le support, à balustres, ren-
ferme un tiroir.

124 — Corps supérieur d'une crédence Renaissance, en
bois sculpté, ouvrant à deux portes et renfermant
deux tiroirs.

125 — Encoignure Louis XV, ouvrant à deux portes,
en bois marqueté et à dessus de marbre du Lan-
guedoc.

126 — Commode Louis XIV, à trois rangs de tiroirs,
en placage de palissandre, ornées de poignées et
d'entrées de serrures en bronze doré.

127 — Vitrine Louis XVI, en bois de rose.

128 — Crédence de style gothique surmontée d'un dressoir, en chêne sculpté à nervures ogivales, offrant des fleurs de lis. Elle ouvre à deux portes garnies de ferrures ajourées et contient deux tiroirs.

129 — Table Louis XIII, à quatre pieds en torsades reliés par un entre-jambe en X en bois découpé et supportant un vase.

130 — Petit Meuble à couleurs formé de panneaux et de montants Louis XIII, en chêne sculpté; il ouvre à un tiroir et une porte dont le panneau représente en bas-relief le sujet de l'Adoration des Mages.

131 — Deux petits Supports formés de flambeaux Louis XIV à pieds triangulaires, en chêne sculpté à volutes.

132 — Glace Louis XIV, à fronton en bois doré.

133 — Miroir Louis XIII, orné de cuivre estampé.

134 — Pendule Louis XIII, plaquée d'écaille et de marqueterie de cuivre.

135 — Horloge ancienne à gaîne en bois de chêne mouluré.

136 — Chaises de style Louis XIII à dossier élevé en bois sculpté garnies d'étoffe brochée.

137 — Chaise Louis XIII en bois tourné; le siège et le dossier garnis de tapisserie ancienne à fleurs et feuillages.

138 — Deux Fauteuils Louis XIII à dossier carré garnis d'étoffe imitant la tapisserie.

139 — Tabouret Louis XIII et Chaise de style Louis XIII.

140 — Divan garni d'un tapis oriental.

TAPISSERIES ANCIENNES

141 — Jolie Tapisserie d'Aubusson du temps de Louis XV, représentant une gracieuse composition dans le goût de Boucher : le Jeu de la Main chaude. scène pastorale dans un parc. Bordure à cadre enroulé de fleurs.

142 — Tapisserie du xvii° siècle représentant une scène de l'histoire de Tobie dans un paysage. Bordures de tulipes et pavots.

143 — Tapisserie de la fin du xvi° siècle représentant la Réception d'un Ambassadeur par un Monarque assis sur son trône. Bordure de vases, fleurs et de petites figures allégoriques.

144 — Petit Panneau d'Aubusson à figures de paysans.

145 — Petit Panneau à figures en tapisserie ancienne.

146 — Fragment de Tapisserie Renaissance, à petites figures, sujet de chasse et bordure.

USTENSILES D'ATELIER

—

147 — Chevalets à tableaux, Porte-Cartons.

148 — Modèles en plâtre, Animaux d'après Frémiet. Mène, etc.